noe67
SAKU HIRO

INHALT

KAPITEL 1
CAUTION KEEP OUT
CAUTION KEEP OUT
CAUTION KEEP OUT
CAUTION KEEP OUT
TOCK
TOCK
DONK
DONK
FIUIT
OH!

BONK
JACKPOT!
DAS DING SIEHT NOCH BRAUCHBAR AUS!
WHACK
AUA!
AAH...
WAS WAR DAS?!
...
WAS...

KLATTER
EIN HUMANOI-DER ROBOTER ?!
SO WAS WERTVOLLES AUF EINEM SCHROTTPLATZ?
RUMS
KLONK
KLOINK
HAH...
KLOINK
DONK

WAHNSINN!
WAS FÜR EIN WUNDER-SCHÖNER ANDROID!

N's RENTAL ANDROID
レンタルアンドロイド
GUTEN MORGEN!
REINIGUNGS-FIRMA SAGA!
Lieferanteneinfahrt
SAGA
andoroid cleaning
ICH BRINGE DIE DREI EXEMPLARE, DEREN WARTUNG SIE BEAUFTRAGT HATTEN!
FLICK
ACH!
SAGA JUNIOR, VIELEN DANK!
DU SCHMEISST DEN LADEN GANZ GUT ALLEIN, WAS?
TJA, HAB MEINEM VATER SCHON ALS KLEINER KNIRPS GEHOLFEN.
ÄHE HE
ACH, NOCH WAS... DR. NIJO...
ICH HATTE SIE DOCH GEBETEN - SIE WISSEN SCHON...

ER IST EIN HUMANOID DER MARKE TOKIWA, TYP 808.
SEINE LETZTEN BEWUSST-SEINSDATEN STAMMEN VON VOR ACHTZEHN JAHREN.
IST TOTAL RAR...
WIE BIST DU NUR AN DEN GEKOMMEN?

WAHNSINN ...!
ER BEWEGT SICH TATSÄCHLICH.
BADUMM
BADUMM
BADUMM
ÄHM...
WAS MACHT ER DA GRADE?
ICH MUSSTE IHM DIE HAARE ABSCHNEIDEN, UM IHN RICHTIG REPARIEREN ZU KÖNNEN.
HAB IHN NUR OBERFLÄCHLICH ABGESPÜLT.
FÜR DIE GRÜNDLICHE REINIGUNG BIST DU DER SPEZIALIST.
NA JA, WEIL ER ALT UND SEINE FIRMA BANKROTTGEGANGEN IST, GIBT ES KEINE UPDATES.
UND DA ER MIT DEN HEUTIGEN MODELLEN NICHT KOMPATIBEL IST, HOLT ER SICH NUN MANUELL DIE DATEN DER LETZTEN ACHTZEHN JAHRE!

HA, HA...
SEHR MENSCHLICH!
WIE SÜSS!
SÜSS?!
ÄH... HEY!
BIEP
ICH REDE MAL KURZ MIT IHM!
TSSCHH
TAPP
WUPP
HA...
BADUMM
HALLO...

ÄHM... ICH...
ICH HEISSE SAGA.
SIE SIND DER, DER MICH AUFGELESEN HAT, NICHT WAHR?
DAS HAT MIR DR. NIJO ERZÄHLT.
ÄH, JA...
KRRT
JA!
WEISST DU...
ICH HABE NOCH NIE MIT EINEM ANDROIDEN GESPROCHEN.
FLOMP
ICH WÜRDE MICH GERN ÜBER VIELES MIT DIR UNTERHALTEN.
SIE HABEN NOCH NIE MIT EINEM GESPROCHEN?
ABER ICH HABE GEHÖRT, SIE SIND ANDROIDEN-CLEANER.
STIMMT.
ABER WÄHREND DES VORGANGS SIND SIE ABGESCHALTET.

ICH KENNE ALSO NUR SCHLAFENDE ANDROIDEN.
WAS...
... FÜR EIN NIEDLICHES GESICHT!.
HA, HA...
Ah, ha, ha, ha, ha, ha, ha!
カタ RATTA
カタ RATTA
カタ RATTA
カタ RATTA
カタ RATTA
カタ RATTA
?!!
IIIRK
HEY...
WAS...
... SOLL DIE FRAT-ZE?!
OH, TUT MIR LEID.

OFFENBAR IST DIE VERBINDUNGSLEITUNG ZWISCHEN GEHIRN UND MIMIK DEFEKT.
EIN WENIG GEHT ZWAR, ABER DIE MUNDBEWE-GUNGEN SIND BESONDERS SCHWACH.
DODOMM
AH...
DODOMM
OH GOTT... PUH!
DODOMM
VER...
DODOMM
VERSTE-HE...
NICHT MAL DR. NIJO KONNTE DAS BEHEBEN?
DANN IST ES VIELLEICHT IRREPARABEL...
ES GIBT VIELLEICHT AUCH NOCH ANDERE DEFEKTE.
DAS KÖNNTE MÜHSAM FÜR SIE WERDEN.
WOLLEN SIE MICH WIRKLICH TROTZDEM ZU SICH NEHMEN?
ALS ICH DICH...

… IN DEM HAUFEN SCHROTT ENTDECKT HABE…
… WUSSTE ICH SOFORT, DASS ES SCHICKSAL WAR!
WILLST DU MEIN FREUND WERDEN?
SCHICKSAL …

Tokiwa
Der Android ist dein Freund.
Ob beim Spielen oder im Sport...
... sogar beim Lernen kann er dir helfen!
PAPA!
KAUF MIR EINEN ROBOTER!
RED KEINEN UNSINN!
ICH MÜSSTE ERST STINKREICH WERDEN, UM DIR DEN KAUFEN ZU KÖNNEN.
PAPA WAR...
... SO EIN... KNAUSER.
MH...
...?
MURMEL
SSST

???
BZZZ
BLINK
GUTEN MORGEN.
MO... MO... MORGEN...
HEY, WAS MACHST DU DA?!

MIT IHNEN KUSCHELN.
NEIN, NEIN, NEIN! ICH BIN DOCH KEIN KIND!
SIE SIND EIN RICHTIGER MANN!
GRAPP
JA, STIMMT.
RUTSCH
SCHRECK
UAH?!
RUBB
RUBB
WA...
ZUCK
ZUCK
AH!
HEY ...
HAH...
WAS MA...
BADUMM
HAH HAH
UH...
ATMEN? BEI EINEM ANDROIDEN?!

ICH WAR IHNEN GESTERN NICHT ZU DIENSTEN.
SIND SIE MIR DESHALB...
... HEUTE MORGEN BÖSE?
SLIPP
BADUMM
BADUMM
BADUMM
BADUMM
BADUMM
BADUMM
FLAPP
TAPP
TAPP
TAPP
PATAM
WA...
WA...
...
SAAA

WAS ZUM TEUFEL WAR DAS?!
WAS?!
DIR WAR NICHT AUFGEFALLEN, DASS ER EIN SEXAROID IST?!
S... S... SAGTEN SIE SEXA...?
UH...
DANN MÜSSTE ES DOCH AUSSER DEM BARCODE NOCH EINEN LIZENZCODE GEBEN!
Der wurde erst vor zwölf Jahren Vorschrift.
VORHER GAB ES DEN NICHT.
!!
ÜBRIGENS...
... WURDE ER AUS DEM VERLEIHSORTIMENT GENOMMEN.
ER WURDE AUSSORTIERT?

Anruf
Du bist doch nicht so naiv, dass du nicht weißt, was das heißt, oder?
Ich weiß, du warst auf den ersten Blick verliebt, aber ...
NEIN, WAR ICH NICHT!
KLICK
BIEP
AH!
HA...
HAB EINFACH AUFGE-LEGT...
DABEI IST ER SO EIN WICHTIGER KUNDE...
ICH WERDE MICH SPÄTER ENTSCHULDI-GEN.
EIN SEXA-ROID ALSO...
EIN ANDROID, DER ALS SEXPARTNER DIENT.
SO WAS IST ER?
BI
BI
BI
BI
BI
BIEP
Sie haben einen Termin.
HM?
OH MIST!

*Informelle Anrede für Jungen

KRIEE
PATAM
...
WILLKOMMEN DAHEIM.
SIE SIND ABER FRÜH ZURÜCK.
TAPP
WAS?
...
ACH...

IST BLOSS LANGE HER, DASS ZU HAUSE EIN MENSCH AUF MICH GEWARTET HAT.
BIN RICHTIG VERLEGEN.
UND DU BIST NICHT MAL EIN MENSCH!
HÄTTEN SIE LIEBER KEINE BEGRÜSSUNG?
AHA HA...
DOCH! SO WAR DAS NICHT GEMEINT.
ICH KENNE IHRE WÜNSCHE NOCH NICHT. ICH MUSS SIE ERST NACH UND NACH ERFORSCHEN.
ENTSCHULDIGUNG.
KRRT
ICH WERDE VERSUCHEN, RASCH ZU LERNEN.
WAS MÖCHTEN SIE TRINKEN?
HOL MIR BITTE EINEN SAFT AUS DEM KÜHLSCHRANK.
ROBOTER ...
... HABEN'S SCHON AUCH NICHT LEICHT, ODER?

MENSCHEN SIND EHER ANGESPANNT, WENN SIE JEMANDEN NOCH NICHT GUT KENNEN, NICHT WAHR?
DIESE ART EMPFINDUNG HABE ICH NICHT. SEIEN SIE UNBESORGT.
BESONDERS ALS LEIHGERÄT HATTE ICH STÄNDIG ERSTE BEGEGNUNGEN MIT MENSCHEN.
ICH BIN NICHT SCHÜCHTERN.
HIER.
AHA HA SCHÜCHTERN, HM?
SCHON IRRE, DASS DU IM GESPRÄCH SOUVERÄNER BIST ALS JEDER ECHTE ME...
AH!
DOMP
AAAAAH!
?
WAS IST LO...
VERDAMMT! ICH BIN WIRKLICH DAS LETZTE!

HAB DICH NICHT MAL NACH DEINEM NAMEN GEFRAGT.
WIE SOLL DENN DA EINE ROMANTISCHE STIMMUNG AUFKOMMEN?
KRRT
HA, HA, HA, HA...
...
MEINE FREUNDIN...
... WEISST DU...
... SIE HAT HEUTE ZU MIR GESAGT, WIR SOLLTEN FREUNDE BLEIBEN...
DABEI WAREN WIR EIN HALBES JAHR ZUSAMMEN.

WAS BEDEUTET DAS, FREUNDE ZU SEIN?
GESTERN …
… HABEN SIE DIESES WORT AUCH SCHON GEBRAUCHT.
„WILLST DU MEIN FREUND WERDEN?", HABEN SIE GEFRAGT.
DAS HAT MICH SEHR GEFREUT.
SO ETWAS HAT NOCH NIE JEMAND ZU MIR GESAGT.

GÄBE ES DA NICHT DIESEN DEFEKT, HÄTTE ICH IHNEN MEINE FREUDE MIT EINEM SCHÖNEN LÄCHELN GEZEIGT.
SCHADE...!
ふは PFFT
DASS DU SELBST... SO WAS SAGST!
FREUND... OBWOHL ES SO OFT GEBRAUCHT WIRD...
... IST ES EIN SCHWIERIGES WORT, NICHT WAHR?

ES MAG AUSSERHALB DES RAHMENS EINER FREUNDSCHAFT LIEGEN…
… ABER SOLL ICH VERSUCHEN…
… SIE AUF MEINE ART ZU TRÖSTEN?

KRRRT
DOMP
KRIIE
TOCK
BADUMM
BADUMM
BADUMM
BADUMM
BADUMM
BADUMM
KLONK

MH!
SCHLING
MGH...
MH...
SLP
SLCK
UH...
SCHLPP
SCHLPP
SLCK
HAH...
AH...
BEVOR ICH GANZ DEN VERSTAND VERLIERE...
... MUSS ICH DICH NOCH FRAGEN...

... WIE DU HEISST.
HAH...
NOE.
KAPITEL 1 ENDE

KAPITEL 2

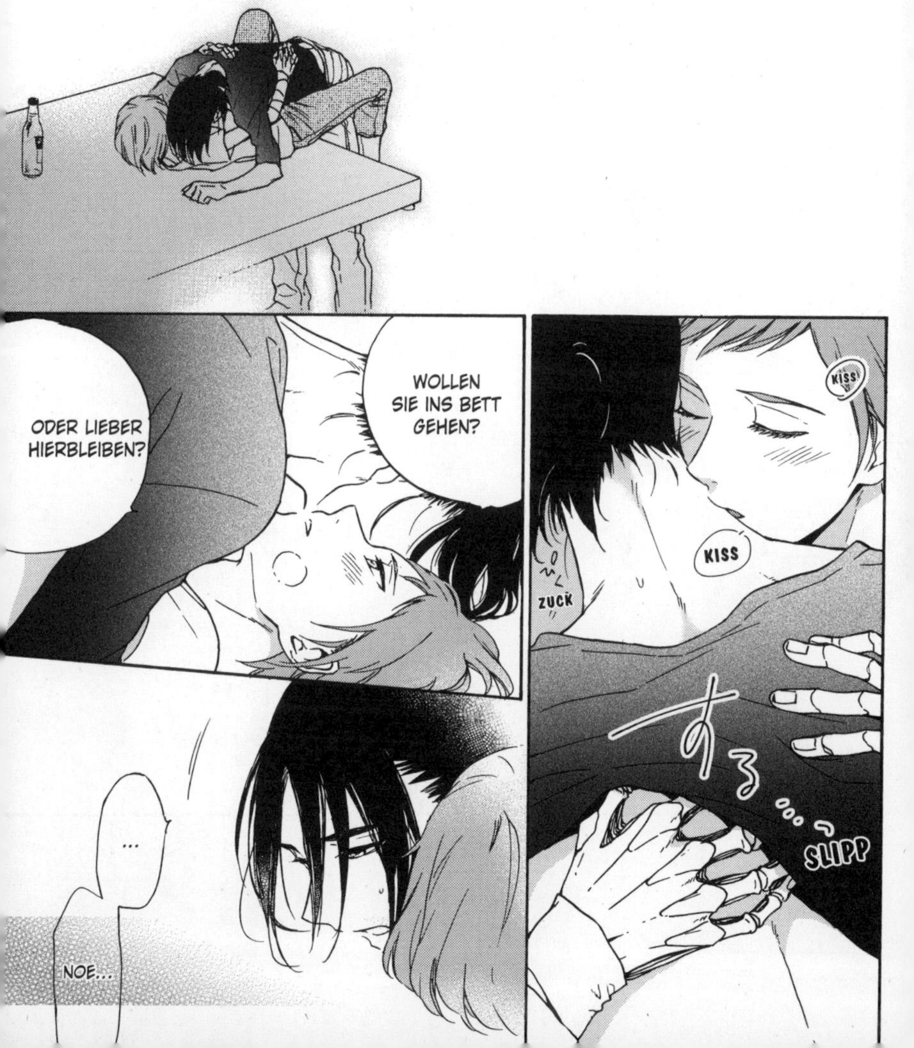
KISS
KISS
ZUCK
SLIPP
WOLLEN SIE INS BETT GEHEN?
ODER LIEBER HIERBLEIBEN?
...
NOE...

ES TUT MIR LEID.
DAS IST KEINE GUTE IDEE...
TSCHIRP
TSCHIRP
TSCHIRP
...
TOCK
TOCK
TOCK
URKS

WUPP
GUTEN MORGEN!
MO...
PEINLICHE SITUATION...
MORGEN...
ÄHM...
ICH BITTE UM VERZEIHUNG.
HM?
ICH HABE VERSUCHT, FRÜHSTÜCK ZU MACHEN, ABER...
DODOMM

WIE SCHAFFT MAN ES NUR, SO EIN CHAOS ANZUSTELLEN?!
DU BIST SCHLIESSLICH NICHT FÜR DEN HAUSHALT BESTIMMT.
SCH... SCHON GUT!
BZZZ
ABER...
... VOR ACHTZEHN JAHREN KONNTE ICH DAS NOCH ALLES...
BZZZ
HM?
ALSO, IRGENDWIE...
JEDENFALLS MISSLINGEN JETZT DIE BEWEGUNGEN BEI UNGEWOHNTEN TÄTIGKEITEN.
VIELLEICHT LIEGT ES AN EINEM VERSCHLEISS DES MUSKELFASERMATERIALS?
SEIN GESICHTSAUSDRUCK ÄNDERT SICH JA NIE, ABER...
... KANN ES SEIN, DASS ER GERADE NIEDERGESCHLAGEN AUSSIEHT?
DU MUSST NICHT AUF TEUFEL KOMM RAUS DEN HAUSHALT SCHMEISSEN.

ABER WAS SOLL ICH SONST MACHEN?
WAS?
ÄHM...
RAUSGEHEN ODER SO...?
DU BIST VÖLLIG FREI.
...
FREI...
523 Reinigung
021 Reinigung
SKRP
SKRP
SKRP
PING
PING
Fleck
Fleck
Fleck
PING

...
DAS IST KEINE GUTE IDEE...
ES TUT MIR LEID.
NICHT HEUTE...
KRRT
JA.
VERSTEHE.
WENN ES...
... IHR ERSTES MAL MIT EINEM ANDROIDEN IST, FÜHLEN SIE SICH WOHL SELTSAM DABEI.
NOCH DAZU SIND SIE HETERO.
„DAS KOMMT OFT VOR.
MACHEN SIE SICH KEINE GEDANKEN."
DAS IST ES NICHT.
ES GEHT NICHT DARUM, DASS ER EIN ANDROID IST...
... ODER EINEN MÄNNERKÖRPER HAT...

MEIN HERZ HAT WIE WILD GEPOCHT...
... UND ICH WOLLTE SO GERN MIT IHM SCHLAFEN.
ABER DAS AM TAG DER TRENNUNG VON MEINER FREUNDIN ZU TUN...
... HÄTTE IHN WIE EINEN BLOSSEN ERSATZ AUSSEHEN LASSEN.
ANDERERSEITS WÄRE IHM DAS WOHL SCHNUPPE GEWESEN...
JA, NEHMEN SIE MICH ALS ERSATZ!
NUR ZU!
DIDING
FLICK
Hey, Juniorboss!
Du hast einen Anruf von Dr. Nijo!
OMA...
HÖR AUF, MICH SO ZU NENNEN.
OKAY, STELL IHN DURCH.
ICH NEHME DAS GESPRÄCH DRAUSSEN AN.

KÖNNTEST DU MIT DEM W3-STEAMER ÜBER DIE MARKIERTEN STELLEN GEHEN?
GEHT KLAR!
TSSCHH
TAPP
BIEP
Anrufübertragung
GUTEN TAG.
SAGA HIER. DANKE, DASS SIE GEWARTET HABEN.
GEHT ES UM DEN TERMIN FÜR DAS COATING?
HA... HALLO...
NEIN, WAS ANDERES.
WIE GEHT ES DEINEM FUNDSTÜCK?
SIE MEINEN NOE?
E... ES GEHT IHM GUT.
Ach, zum Teufel...

ICH HAB MIR GEDACHT, DASS DIR EIN MÄNNLICHER SEXAROID GARANTIERT EINE NUMMER ZU GROSS IST. ALSO...
CALL
... FOL-GENDER VORSCHLAG ...
Wenn du willst, könnte ich ihn dir abkaufen!
WAS?!
TSCHILP
TSCHILP
PICK
„FREIHEIT" ...
SAAA
... BEDEUTET PRAKTISCH FREIZEIT...
FLAPP
FLAPP
DANN GEH ICH MAL NACH HAUSE.

TAPP
...?!
SIE MEINEN...
... UM IHN WIEDER ALS SEXAROID ARBEITEN ZU LASSEN?
Anruf
ABER SEIN MODELL IST ÜBER ZWANZIG JAHRE ALT...
ES GIBT LEUTE, DIE AUF RETROMODELLE ABFAHREN.

Viele Kunden wählen weniger nach den Funktionen, sondern eher nach der Optik aus.
Solange alles läuft, sind sie zufrieden.
ER SOLLTE DAS TUN, WOFÜR ER EIGENTLICH BESTIMMT IST.
DAS...
... KANN NICHT FALSCH SEIN, DENKE ICH.
Wenn Androiden ihrer Bestimmung nicht nachkommen können...
... hat ihre Existenz keinen Sinn mehr.
PATAM
BIN WIEDER DA!
NOE?
...?
NOE!
BIST DU DA?

TAPP
SRR
ENTSCHUL-DIGUNG.
SRR
SRR
MEIN AKKU WAR LEER. ICH MUSSTE IHN AUFLADEN.
WO...
WOHER STAMMEN DIESE VERLETZUNGEN?!
ICH BIN ÜBERFALLEN WORDEN.
WAS?!
DU SAGST DAS SO GELASSEN...
GEHT ES DIR GUT?!

コクリ LINS
WENN EIN ANGRIFF ODER EINE VERGEWALTIGUNG DROHT, KANN ICH ZUR GEFAHRENABWEHR SCHLAFGAS VERSTRÖMEN.
Gas spout
ALSO HABE ICH DIE KERLE EINGESCHLÄFERT.
ES WAREN ZWEI, DARUM HAT ES MICH ETWAS MEHR ENERGIE GEKOSTET.
OFFENBAR SENDEN DIE NEUEREN MODELLE ZUSÄTZLICH EINE AUTOMATISCHE ALARMMELDUNG…
… WESHALB DIE ÄLTEREN WIE ICH WOHL LEICHTERE BEUTE SIND.
!!
SO WAS KÖNNTE WIEDER PASSIEREN!
AUCH DER VERSUCH IST EINE STRAFTAT.
ICH SOLLTE DIE POLIZEI…
ばっ WUPP
DER BESITZER KÖNNTE ANZEIGE ERSTATTEN, ABER…
… MEINE REGISTRIERUNG LÄUFT NOCH AUF MEINEN ALTEN VERLEIH.

AUSSERDEM GELTEN SEXUALSTRAFTATEN AN ANDROIDEN BLOSS ALS SACHBESCHÄDIGUNG.
SAGA...?
DRIP
SAGA?!
IHRE HAND...
ES TUT MIR LEID!

ICH...
... HATTE KEINE AHNUNG...
ES TUT MIR LEID...
SEIT GESTERN...
... GEBE ICH DIR STÄNDIG ANLASS...
... DICH ZU ENTSCHUL-DIGEN...

„ICH WILL EINEN ROBOTER!“
„ICH WILL EINEN ANDROIDEN ZUM FREUND!“
ICH HABE...
... NUR AN MEINE EIGENEN BEDÜRFNISSE GEDACHT...
Ladevorgang
PING
MENU
BIEP
NACHRICHT VERFASSEN.
EMPFÄNGER: DR. NIJO.

ICH WÜRDE GERN MIT IHNEN...
... ÜBER IHREN HEUTIGEN VORSCHLAG REDEN.
...
BITTE...
... PASSEN SIE GUT AUF NOE AUF.
MACHE ICH.
PATT

TAPP
TAPP
TAPP
ES GAB VORHER SCHON MÄNGEL UND NUN AUCH NOCH DIE ÄUSSEREN SCHÄDEN...
TAPP
ICH WERDE ALLES AN DIR AUSTAUSCHEN.
TAPP
TAPP
JA.
TAPP
AB JETZT BIST DU MEIN ANDROID.
WENN MIR WAS NICHT PASST, WERDE ICH ES DIR SAGEN.
JA...
POPP
Besetzt
Gehäuse-tausch
Technikl

ERINNERST DU DICH DARAN...
... ALS DU ENTSORGT WURDEST?
JA.
DAS WAR KEINE GROSSE SACHE.
KEINE GROSSE SACHE?
KRNSCH
KROSCH
Chips
LETZTES JAHR...
... HAT MICH MEIN VATER VERLASSEN.
ALS ICH NACH ERLEDIGUNG MEINER PFLICHTEN EINSCHLIEF...
... HAT MAN MICH EINFACH VOM STROMNETZ GETRENNT.
KRNCH
VERSTEHE...
VIELLEICHT KANN MAN ES DAMIT VERGLEICHEN.

ICH BIN EINES MORGENS AUFGEWACHT UND ER WAR WEG.
ANSCHEINEND IST ER MIT EINER FRAU ABGEHAUEN.
DAS HAT OMA MIR SPÄTER ERZÄHLT.
NICHT, DASS ICH MEINEN VATER...
... SONDERLICH GELIEBT HÄTTE...
ER WAR EIN SÄUFER UND EIN GEIZKRAGEN.
DANN WAREN SIE ALSO NICHT TRAURIG?
NA JA, ICH...
... HAB MICH EHER BEFREIT GEFÜHLT.
JETZT KANN ICH NACH HERZENSLUST SNACKS FUTTERN!
ALLER-DINGS...
... HATTE VATER IMMER DEN RESPEKT DER ANGESTELLTEN.
SIE WAREN ENTTÄUSCHT, ALS ER DEN BETRIEB EINFACH IM STICH GELASSEN HAT.

VERSTEHE.
DANN SIND WIR ALSO BEIDE VERLASSENE.
ALS ICH AUFWACHTE, WAREN ALLERDINGS ACHTZEHN JAHRE VERGANGEN.
AHA HA
KLAR, EIN GEWALTIGER UNTERSCHIED!
NOE...
ES SIND ZWAR ACHTZEHN JAHRE VERGANGEN...
... ABER EIN GLÜCK, DASS DU ÜBERHAUPT AUFGEWACHT BIST!
FINDEN SIE?
TROTZ ALL MEINER MÄNGEL...
GLAUB MIR, ES IST EIN GLÜCK!
ZUMINDEST...

... SEHE ICH DAS SO.
MORGEN...
... NOE!
SA...
... GA?

*Künstliche Intelligenz

SORRY!
DAFÜR HAT DAS MATERIAL NICHT MEHR GEREICHT.
ICH WERDE EINEN HAND-SCHUH BESOR-GEN.
HABEN SIE ETWA...
... FÜR ALL DAS BEZAHLT?
JA, FÜR DIE ÄUSSERLICHE GENERAL-SANIERUNG SCHON...
WAS SOLL DAS HEISSEN?
...
ES HIESS DOCH...
... ICH SEI NUN DR. NIJOS EIGENTUM...
NA JA, ICH SELBST...
... HABE OFFIZIELL NICHT DIE BEFUGNIS, EINEN HIGH-GRADE-ANDROIDEN ZU BESITZEN.

FÜR PRIVATEIGENTÜMER GELTEN SEHR STRENGE RICHTLINIEN.
EIN NORMALVERBRAUCHER WIE ICH HAT DA KEINE CHANCE.
DARUM HABE ICH DEN DOC GEBETEN, SICH PRO FORMA FÜR MICH REGISTRIEREN ZU LASSEN.
ABER SELBST WENN ICH...
... BEI IHNEN BIN...
ICH KANN...
... DOCH NUR ...
ICH KANN NICHTS AUSSER SEX...

UND NICHT MAL DEN HATTEN WIR BIS JETZT!
LOS, AB NACH HAUSE!
UND DANN...
... DARFST DU MIR ZEIGEN, WAS DU KANNST...
... NOE.

トッ
DOMP
!
ピクッ
SCHAUDER
ちゅっ
KISS
FLOMP
ドサ

SLRP
ZUCK
MH! ♥
SLCK
KISS
HAH
...
NOE...
DAS IST ... IRRE...
HAH
OH MANN...
... ICH ... BIN GLEICH...
WOLLEN SIE IHN REINSTE-CKEN?
RUBB
!
BLUSH
... KAM ES MIR VOR...
GRADE EBEN...
SAGA...
WÜRDEN SIE DAS GEL AUFTRAGEN?
JA ...
... ALS HÄTTE NOE GELÄCHELT.

GLIBB
GUT SO?
MH!
DIE NEUEN MODELLE ... ... KÖNNEN ...
MH ...
... VON SELBST FEUCHT WERDEN...
... HABE ICH GEHÖRT...
SCHLPP
SCHLPP
FLOPP
SIE MACHEN DAS GUT.
HEY...
JA?
...
SMCK
HÖR AUF, MICH ZU SIEZEN, JA?
WUPP
IN ORDNUNG.
DAS HIER IST DOCH KEIN ARBEITSVERHÄLTNIS.

KRIEE
MH...
SCHMM
SAGA...
IST ES GUT SO?
KRIEE
KRIEE
KRIEE
MH...
SCHMM
ZU GUT...
GRAPP
WOMP

SLPP
AAAH!
AH!
AH...
WUAH...
WUPP
FLOMP
NOE!
ROMP
SCHLOPP
SCHLOPP
AH!
ICH KO...
AH!
ICH KOMME!
ROMP
SLPP
AAAH...

HAH ...
SA...
... GA ...
KÜSS MICH!
HAH ...
MMMH ...!
BADUMM
...
ÄHM...
ICH BIN...
... IN DIR GEKOMMEN...
HAH ...
HÄTTE ICH BESSER VORHER GEFRAGT, WAS?
IST DAS OKAY?
WEGEN DER REINIGUNG UND SO...
WUPP

DU DARFST JEDES MAL IN MIR KOMMEN...
... EGAL, WIE OFT WIR ES TUN.
EH?!
BLUSH
WAS DENN?
EH?
IST JA IRRE!
ICH WOLLTE SCHON DIE GANZE ZEIT SEX MIT DIR.
JETZT BIN ICH DEIN SEXAROID, NICHT WAHR?
WUPP
?!
LASS MICH DIR GANZ VIELE TOLLE GEFÜHLE SCHENKEN!
?!
A...
ALSO, ICH... ÄH...
... HAB DICH NICHT BLOSS DAFÜR REPARIEREN LASSEN...

EIGENTLICH …
… WO…
… WOLLTE ICH DICH ALS NORMALEN FREUND…
… HABEN …
NACH DIESER NUMMER KLINGT DAS…
… WOHL NICHT MEHR SEHR ÜBERZEU-GEND…
DU WILLST KEINEN SEX?
…
VERSTEHE…
…
…
…
DOCH…
MURMEL
WELCHE STELLUNG WILLST DU ALS NÄCHSTES PROBIEREN? ICH KANN ALLES!
WIESO BIST DU PLÖTZLICH SO ANGE-SPANNT?!
DIDING
1 neue Nachricht
Von: Dr. Nijo
Betreff: Noe
ch dringend sprechen.
KAPITEL 2 ENDE

KAPITEL 3

VON SEXAROIDS…
… WOLLTE ICH EIGENTLICH NIE ETWAS WISSEN…
10/2 Anmerkung: Nicht entfernbare Spuren
AB UND ZU LANDET EINER IN MEINEM LADEN.
BEI MANCHEN SIEHT MAN AUF DEN ERSTEN BLICK, DASS SIE ÜBEL MISSHANDELT WURDEN.
DAS SIND MEIST BILLIGE MODELLE ODER ALTE LEIHGERÄTE, DIE EHER NACH PUPPEN ALS NACH MENSCHEN AUSSEHEN.
ICH LIEBE ROBOTER.

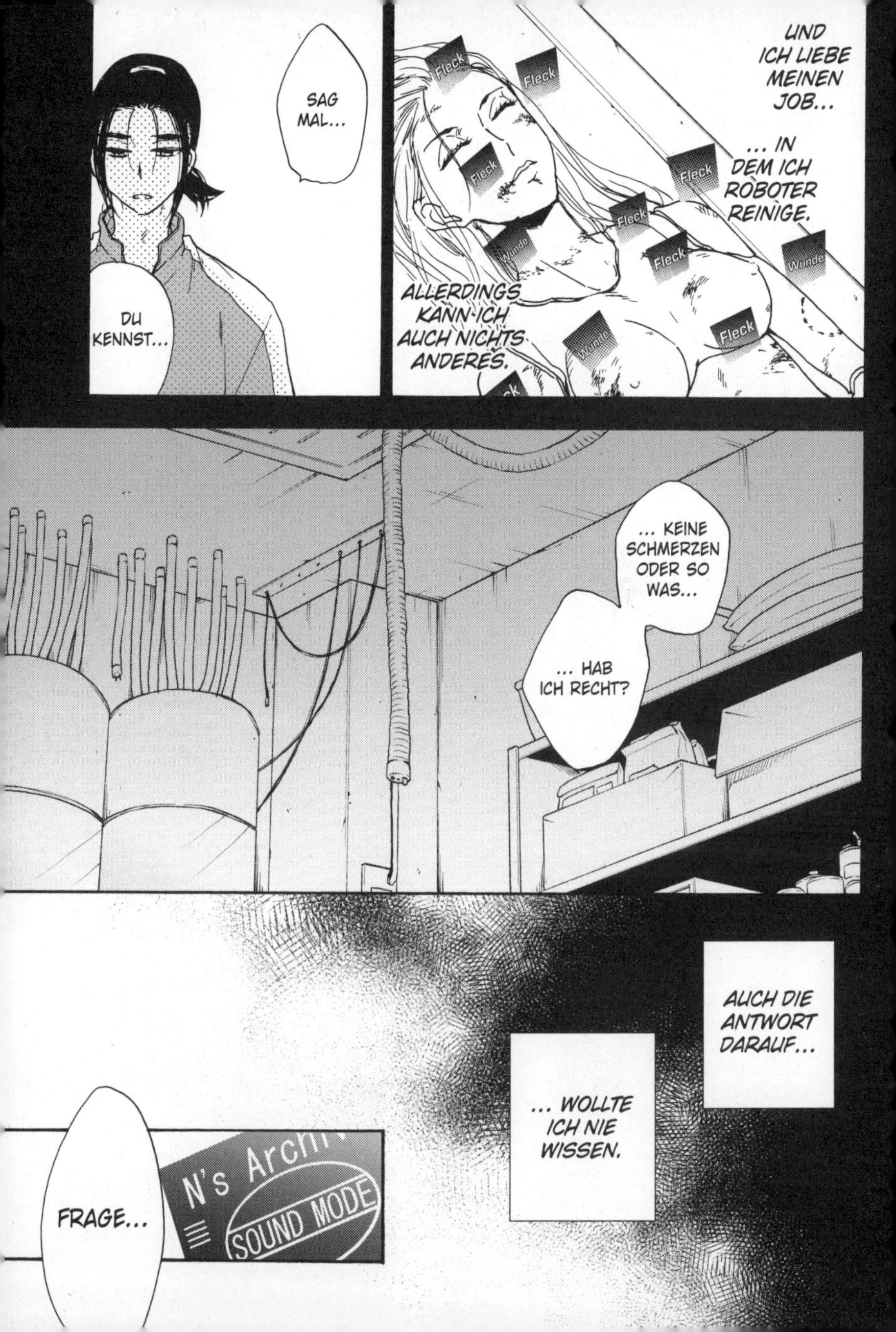
UND ICH LIEBE MEINEN JOB…
… IN DEM ICH ROBOTER REINIGE.
ALLERDINGS KANN ICH AUCH NICHTS ANDERES.
Fleck
Wunde
SAG MAL…
DU KENNST…
… KEINE SCHMERZEN ODER SO WAS…
… HAB ICH RECHT?
AUCH DIE ANTWORT DARAUF…
… WOLLTE ICH NIE WISSEN.
FRAGE…
N's Archi
SOUND MODE

N's Archiv
Jawohl.
Stellen Sie jede beliebige Frage.
ÄHM...
ALSO, ZUNÄCHST MAL...
ICH WILL ETWAS ÜBER SEXAROIDS ERFAHREN.
FÜHLEN SIE GENAUSO WIE MENSCHEN?
ICH MEINE... ÄH...
EMPFINDEN SIE LUST BEIM SEX?
ODER ZÄHLEN DIE REAKTIONEN, DIE DANACH AUSSEHEN...
... BLOSS ZU IHREN FUNKTIONEN?
AH!

Heutige Sexaroids sind mit Nano-Sensoren ausgestattet, die in der Außenhaut eingebettet sind.
Darum sind sie überall am Körper berührungsempfindlich.
Werden die Geschlechtsorgane, an denen sich besonders viele Sensoren befinden, stimuliert, so erkennt die KI dies als lustvolles Gefühl.
FLICK
VERSTEHE...
GOTT SEI DANK ...! ER HAT ES ALSO TATSÄCHLICH GENOSSEN.
UFF...
ABER...
... DAS HEISST AUCH...
DODOMM
WENN SIE ÜBERALL EMPFINDLICH SIND...
... KÖNNEN SIE ALSO AUCH SCHMERZ...
DODOMM
DU STELLST DEN ARCHIVEN ANDERER LEUTE FRAGEN ÜBER SEX?
WAAAAH!

TJA...
WENN MAN SO WAS IN DIE SUCHMASCHINE DES EIGENEN PCS EINGIBT, WIRD MAN MIT PORNOSEITEN BOMBARDIERT, WAS?
MEIN ARCHIV LIEFERT NUR SERIÖSE ANTWORTEN AUS VERTRAUENSWÜRDIGEN QUELLEN.
TUT MIR LEID...
TUT MIR WIRKLICH LEID.
JA...
ABER HÖR MAL...
WAS DENKST DU, WIESO NOE WEGGEWORFEN WURDE?
ER IST DOCH EIN HIGH-GRADE-ANDROID.
ALS AUSGESONDERTES LEIHGERÄT HÄTTE MAN IHN NOCH VERKAUFEN KÖNNEN.
ZU EINEM REDUZIERTEN PREIS, ABER IMMER NOCH BESSER ALS WEGWERFEN.
ER SELBST MEINTE...
... VOR SEINER ENTSORGUNG HABE ES KEINE BESONDEREN VORFÄLLE GEGEBEN.
カタ...
TOCK
HM...
...

NOES GEDÄCHTNISDATEIEN SIND LEIDER SEHR LÜCKENHAFT.
WAS?
BEI SEXAROIDS WERDEN DIE DATEN ANGESICHTS IHRER TÄTIGKEIT ZUSÄTZLICH GESCHÜTZT.
PUH
PERSÖNLICHE INFORMATIONEN ÜBER KUNDEN WERDEN NACH EINEM JAHR AUTOMATISCH GELÖSCHT.
NOCH DAZU WAR NOE ACHTZEHN JAHRE LANG AUSSER BETRIEB.
FAST DIE HÄLFTE SEINER GEDÄCHTNIS-DATEIEN IST WEG.
ÄHM...
ABER...
KRRT
MOMENT! LANGSAM!
PERSÖNLICHE INFORMATIO-NEN ÜBER KUNDEN, SAGEN SIE?
DANN WIRD ER MICH ALSO AUCH NACH EINEM JAHR VERGESSEN HABEN?!

BONK
DU BIST BEI IHM NICHT ALS KUNDE ABGESPEICHERT.
BERUHIG DICH, DUMPFBACKE.
DU BIST SEIN PARTNER.
OH MANN...!
OB DAS GUT GEHEN KANN?
DU BIST OFFENBAR TOTAL IN IHN VERKNALLT.
WENN DICH JEDE EINZELHEIT, DIE IHN VON EINEM MENSCHEN UNTERSCHEIDET, SO AUS DER BAHN WIRFT...
... DANN WIRD EURE BEZIEHUNG SCHWIERIG.
WAR ES DAS...
... WORÜBER SIE SO DRINGEND MIT MIR SPRECHEN WOLLTEN?
ACH... NEIN, NEIN...
DAS WAR NUR PLAUDEREI.
ES GEHT UM WAS ANDERES.
BIEP
ÄÄÄHM...
AH, HIER.
SWIPE

ICH WILL...
SST
... DASS DU MIT NOE DA HINGEHST.
?
WAS IST DAS?
HM?
DIE OUTFITS STELLE ICH EUCH AUS MEINER ANDROI-DENAUSSTATTUNG ZUR VERFÜGUNG.
WAS?
EH?!
EINE PA...
Einladung
Der Branchenverband der Androidenverleihe lädt zur jährlichen Party!
Bitte kommen Sie in Begleitung eines Androiden Ihres Betriebs.
Abendkleidung erwünscht.
... PARTY ?!
LÄRM
LÄRM
UH...
WARUM AUSGERECHNET SO WAS?
WIESO HAST DU NICHT ABGELEHNT, WENN ES DIR SO UNANGENEHM IST?

WIE KÖNNTE ICH? ICH STEHE ZU SEHR IN SEINER SCHULD.
SAGA...
... DU BIST EINFACH ZU ANGESPANNT.
LOS! LÄCHLE EIN WENIG!
FLIP
UND DAS AUS DEINEM MUND...
KYAAAAAH!

*Förmliche Anrede

ICH HABE VON DR. NIJO DEN AUFTRAG, SIE HERUMZUFÜHREN.
ICH STEHE IHNEN ZU DIENSTEN.
GUTEN ABEND, MIO.
TAPP
WIR SIND SOLCHE ANLÄSSE NICHT GEWOHNT …
… UND SIND SEHR DANKBAR FÜR DEINE HILFE.
SEHR GERN.
ZUNÄCHST STELLE ICH IHNEN DIE VERANSTALTER VOR: DEN VORSITZENDEN DES BRANCHENVERBANDS DER ANDROIDENVERLEIHE, SEINE FRAU…
… UND SEINEN STELLVERTRETER.
ICH SOLL MIT…
… WICHTIGEN PERSÖNLICHKEITEN REDEN?!
„A… ABER, DOC…"
WIE…
WIESO SOLL ICH ZU DIESER PARTY GEHEN?!
?!
?!
DAMIT DIE PRÜFUNGSBEHÖRDEN WEGEN NOES GEFAKTER REGISTRIERUNG KEINEN VERDACHT SCHÖPFEN, MUSST DU DICH MIT IHM IN DER ÖFFENTLICHKEIT ZEIGEN.
ABER ICH BIN DOCH AUS EINER GANZ ANDEREN BRANCHE…

*Höfliche Anrede

KÖSTLICH!
HIER ZEIGEN DIE HAUSHALTSANDROIDEN DER EINZELNEN VERLEIHE, WAS SIE KÖNNEN.
NICHT WAHR?
STRAHL
STRAHL
HAST DU AUCH WAS BEIGETRAGEN, MIO?
JA!
VON MIR IST DAS HIER.
IM ERNST?! DAS IST WIRKLICH EIN TRAUM!
VIELEN DANK.
NORMALERWEISE KOCHE ICH FÜR FIRMENKANTINEN.
TOLL! DAS SOLLTE DER DOC MAL KOSTEN!
ÜBRIGENS, NOE...
...
BZZZ

DU BIST EIN MODELL FÜR ANALSEX, RICHTIG?
ブフォ
PFFU
ICH HABE SEX NACHTRÄGLICH ALS ZUSATZFUNKTION ERHALTEN.
GEHÖ
GEHÖ
GEHÖ
WOW!
DASS DEIN SPEICHER DAFÜR GEREICHT HAT...
TYPISCH NEUES MODELL.
ES SIND NUR DIE BASICS DER DOM-ROLLE...
... ABER DA MEIN HAUPTGEBIET EIN ANDERES IST, BIN ICH NOCH UNSICHER...
...?!
WÜRDEST DU MIR ZEIGEN, WIE MAN MIT EINEM MANN UMGEHT?
ZUM BEISPIEL HABE ICH NEULICH BEI DER FELLATIO SEINEN XXX GEXXX, WORAUFHIN ER XXX HAT, ABER...
HEEEEY!
DAS IST NICHT DER RICHTIGE ORT FÜR SO WAS!
FRAG EINEN SEXA... EINEN KOLLEGEN AUS DEINEM VERLEIH!
BEI UNS GIBT ES KEINE MÄNNLICHEN SEXAROIDS FÜR MÄNNER.

NUR EIN ZEHNTEL DER KUNDEN FRAGT NACH IHNEN.
DER MARKT PRODUZIERT GENERELL NUR WENIGE, SIE SIND RAR!
LINS
IST MIR EGAL!
BESPRECHT DAS IRGENDWO, WO EUCH NIEMAND HÖREN KANN!
VERZEIHUNG.
JAWOHL.
DODOMM
ICH BIN ECHT FIX UND FERTIG...
HM...?
SAGA JUNIOR?
ACH...
DIE LEITER DER BB-RENTAL-FILIALE...
ÄHM...
MAKI-SAN...

SCHÖN, SIE ZU SEHEN!
TAPP
WAS MACHST DU DENN HIER?
WER HAT DICH EINGELADEN?
ICH VERTRETE DR. NIJO VON N'S RENTAL.
SAGA-KUN ...
ACH, RICHTIG ... DER KOMMT JA NIE PERSÖNLICH.
WAR JA KLAR...
DIESER ANDROID GERADE - WAR DER AUCH VON N'S RENTAL?
ER IST SCHÖN VERARBEITET.
NIJO-SANS ORIGINALE SIND AUCH ALLE SCHÖN, ABER DIESER HIER IST NOCH MAL WAS ANDERES.
SAH MIR SEHR NACH EINEM TOKIWA-PRODUKT AUS.
ACH?
ABER HABEN DIE NICHT EINE ANDERE AUSSENHAUT?
TOKIWA HAT ORGANISCHES DDS-POLYMER VERWENDET.
SIE HABEN RECHT!
ER IST EIN TOKIWA 808!

SEIN GEHÄUSE WURDE KÜRZLICH ERNEUERT.
EIN ECHTER 808?!
UND IMMER NOCH EINSATZFÄHIG ...
TOKIWA-ANDROIDEN SIND UNTER SAMMLERN NACH WIE VOR SEHR BELIEBT.
UNTER SAMM-LERN...?
JA.
BESONDERS SEHR ALTE MODELLE WIE DER 808 ERZIELEN BEI SCHWARZ-MARKTAUKTIONEN SENSATIONELLE PREISE.
ER WAR SCHON IMMER BEGEHRT UND WURDE NACH DEM KONKURS DER FIRMA NOCH RARER.
VERSTEHE.
ÄHE HE...
ABER ER IST EIN WENIG DEFEKT...
DEFEKT?
HM...
CHARGE 67...
... NEHME ICH AN.

WIE BITTE?
HAT ER NICHT MANCHMAL SPONTANE AUSRASTER?
GNIII
NEIN?
STARR
...?!
HÖR AUF, DIESEN JUNGEN ZU ÄRGERN!
UPS...
BONK
CHARGE 67, DAS IST DOCH ÜBER ZWANZIG JAHRE HER...
ZWANZIG JAHRE ...?
ÄHM...
WORUM GING ES DA?
WIE?

DAS WEISST DU NICHT?
DER FALL IST DOCH BERÜHMT!
BEI DER NEUEN VERSION DES 808 WURDEN DAMALS GRAVIERENDE MÄNGEL FESTGESTELLT…
… WESHALB ES EINE RÜCKRUFAKTION FÜR DIE GESAMTE CHARGE GAB.
LAUT DEN OFFIZIELLEN ANGABEN TRATEN VERBINDUNGSSTÖRUNGEN ZWISCHEN KI UND KÖRPER AUF.
ABER DESHALB GLEICH EINE RÜCKRUFAKTION ZU VERANLASSEN WIRKTE VERDÄCHTIG.
IN WAHRHEIT SOLLEN BEI DEM MODELL SPONTANE GEWALTAUSBRÜCHE VORGEKOMMEN SEIN.
IM NETZ GAB ES GROSSEN WIRBEL, WEIL EINIGE EXEMPLARE ANGEBLICH MENSCHEN VERLETZT HATTEN.
MENSCHEN…
… VERLETZT?!

MEINE GÜTE! SAG BLOSS…
BESTIMMT NICHT!
NEIN!
ES GAB DOCH DIE RÜCK-RUFAKTION.
TAPP
DAS HEISST, ERSATZ ODER GELD ZURÜCK.
TAPP
TAPP
DAS IST KEIN GRUND FÜR EINE ILLEGALE ENTSORGUNG.
TAPP
ABER WIESO WURDE NOE WEGGE-WORFEN?
WO SIND DIE BEIDEN NUR HIN?
NOE!
MIO!
KRRSCH
ICH WILL JETZT GEH…

OH...
SAGA...
WA...
WAS MACHT IHR DA?!
ICH HABE EIN WENIG NACHHILFE BEKOMMEN!
STRAHL
PUH...
...
VON PRAXISUNTERRICHT WAR ABER NICHT DIE REDE!
EH?
AH!
WUPP
HEY?!
TAPP
TAPP

SAGA!
WARTE!
ES WAR NUR EIN DATEN-TRANSFER!
DU VERSTEHST DAS FALSCH!
WEIL ICH MIT IHM NICHT KOMPATIBEL BIN...
... KONNTE ICH IHM DIE DATEN NICHT SCHICKEN. ALSO...
HAST DU NICHT...
... SELBST GESAGT, DU WÜRDEST MIR GEHÖREN?!
ALSO LASS DICH NICHT EINFACH VON ANDEREN BEGRAP-SCHEN!
ABER...
... ER IST DOCH KEIN MENSCH...
ER IST EIN AN-DROID!

NA...
... UND?
AUCH WENN ER EIN ANDROID IST...
MENSCHEN VERLETZT
ENTSORGUNG
GEWALT-AUSBRÜCH
MÄNGE
GEH SCHON MAL VOR.
ICH MUSS MICH ERST BERUHIGEN.
SORRY...
チャリ
KLINK

DAS MACHT MIR NICHTS AUS.
DRÜCK
...
G...
GEH SCHON NACH HAUSE.
ICH...
... KANN GRADE NICHT.
SONST...
... WÜRDE ICH DIR VIELLEICHT WAS SCHLIMMES ANTUN...

HAH!
HAH...!
HAH...
MH...
MMMH ...
ROMP
DAS STÖHNEN ...
LÄSST SICH DAS...
... NICHT STUMM SCHALTEN?
HAH...
ZUCK
ZUCK
ROMP
FLICK
NEI...
NEIN...
TUT MIR...
... LEID...
VER...
... STEHE...
WOMP
ROMP
SLPP

ROMP
AAAH!
NIBB
UH...
MH...
ZUCK
NEI...
SLP
AH...!
SLP
MMMH...
UH...
SAGA...
WA...
HAH
ZOMP
WARTE...
WENN DU...
... SO WAS MACHST...
HAH
KNEIF
ZUCK
ZUCK
... KANN ICH...
... NICHT LEISE SEIN...
SCHLCK
SCHLCK
ZOMP
NUR ZU, LASS ES RAUS.

LASS MICH HÖREN ...
LASS MICH SEHEN ...
... DASS DU...
... MIR GE-HÖRST!
ZUCK
MH ...
UH ...
KRK
ZUCK
UH ...
MH ...
NICHTS WIRST DU...
... EINEM ANDEREN GEBEN...
... GAR NICHTS!
KAPITEL 3 ENDE

KAPITEL
4

TUN...
... DEINE VERLETZUNGEN NICHT WEH?
SORRY...
... DASS ICH SO BRUTAL WAR...
NEIN, ES TUT NICHT WEH.
ES SIND OHNEHIN KEINE VERLETZUNGEN.
EH?
AB EINEM BESTIMMTEN DRUCKLEVEL FÄRBEN SICH BETROFFENE STELLEN EINE ZEIT LANG ROT.
IST BLOSS EINE FUNKTION.
DAS MAGST DU DOCH, ODER?
HAST DU...
... DIESE OBERFLÄCHE NICHT SELBST GEWÄHLT?

WA...
ACH... ... RICHTIG ...
WUSCHEL
NA KLAR...
IM JOB...
... WEISST DU...
... DA KRIEGE ICH MANCHMAL VERLETZTE SEXAROIDS ZU SEHEN.
DARAN MUSSTE ICH DENKEN...
ICH BIN NICHT VERLETZBAR...
... UND ICH WERDE MICH AUCH NIE VERWEIGERN.
SCHON ...
... ABER TROTZDEM...
ES WAR ZIEMLICH EINSEITIG...
DA WAR WEDER LIEBE...
... NOCH ECHTE LEIDEN-SCHAFT IM SPIEL.

ICH HATTE BLOSS SEX MIT IHM, UM MEIN REVIER ZU MARKIEREN.
SAGA...
HM?
DA ICH EIN SEXAROID BIN...
... KANN ICH MENSCHEN NUR NACH IHREN SEXUELLEN VORLIEBEN BEURTEILEN.
WAS?
NUR...?
DA GIBT ES SOLCHE, DIE BLOSS AN IHRE EIGENE LUST DENKEN...
... UND SOLCHE, DIE IHREM PARTNER GERN SCHMERZEN ZUFÜGEN...
... ABER DU BIST GANZ ANDERS.
DU BIST VOLL AUF MICH KONZENTRIERT.

DU VERSUCHST, MIR LUST ZU BEREITEN...
TAPP
... OBWOHL ICH BLOSS EIN SEXAROID BIN.
DAS VORHIN...
FLÜSTER
... HAT MICH ABSOLUT VERRÜCKT GEMACHT!
BLUSH
UH...
ABER...
... ICH HÄTTE GERN EINE STUMMSCHALTUNG.
WUPP
ICH WAR ZIEMLICH LAUT.

SQUISCH
RUBB
RUBB
BEI MENSCHEN IST ES SO…
… DASS DAS WASCHEN VON WUNDEN ZIEMLICH WEHTUT.
BEI GRÖSSEREN VERLETZUNGEN EMPFINDE ICH AUCH SCHMERZ.
WAS?
UNTER DEN ANDROIDEN HABEN NUR DIE SEXAROIDS EIN SCHMERZEMPFINDEN…
… WEIL BEI UNS LUST UND SCHMERZ EINE UNTRENNBARE EINHEIT BILDEN.

WIR SIND SELTSAME DINGER, WAS?
WIR ATMEN, OBWOHL WIR DEN SAUERSTOFF NICHT UMWANDELN KÖNNEN.
UND EMPFINDEN SCHMERZ, DER KEINE BEDEUTUNG HAT.
WECHSEL!
OKAY.
DAMIT WIR WENIG WIEGEN UND UNS WEICH ANFÜHLEN, IST UNSERE AUSSENHÜLLE DÜNN UND ZART.
DAMIT IHR WENIG WIEGT?
JA, SONST WÜRDE DIE REITERSTELLUNG NICHT KLAPPEN.
UND DA WIR STÄNDIG AUF EINER KÖRPERTEMPERATUR VON 36,5° CELSIUS GEHALTEN WERDEN, IST UNSER ENERGIEVERBRAUCH HOCH.

FÜR DEN SEX WERDEN PRAKTISCH ALLE VORTEILE DER MASCHINE GEOPFERT.
WÜRDEST DU...
... GERN EIN ANDERER WERDEN?
WAS? NEIN!
SOLCHE MENSCHLICHEN SEHNSÜCHTE EMPFINDE ICH NICHT.
ABER...
... NA JA...
... EIN PAAR FUNKTIONEN MEHR WÄREN NICHT SCHLECHT...

SAGA…
SKRSCH
SKRSCH
DAS FÜHLT SICH GUT AN.
WAS IST DAS?
WAS?!
ECHT JETZT?!
DU HAST ALSO AUCH IN DER KOPFHAUT SENSOREN?!
SIE SITZEN IN DER GESAMTEN AUSSENHÜLLE…
… ALSO JA.
REINIGST DU ANDROIDEN…
… IMMER AUF DIESE WEISE?
HM?
FSCHHH
NEIN, HANDWÄSCHE WÄRE SEHR TEUER, WEISST DU.

SO ETWAS HATTE ICH NOCH NIE.
FSCHHH
ICH AUCH NICHT.
DA HABE ICH JA GLÜCK...
ICH HABE NOCH NIE EINEN ANDROIDEN GEREINIGT, DER WACH WAR.
SCHADE, WENN SIE DABEI SCHLAFEN!.
ES FÜHLT SICH DOCH SO GUT AN.
NORMALE ANDROIDEN HABEN ABER KEINE SENSOREN AUF DEM KOPF!
HA HA
BIEP
ACH...
... RICHTIG.
... DASS ICH EIN SEXAROID BIN.

WAS IST DAS?
EIN ZWEIT-SCHLÜS-SEL.
FÜR MICH?
ICH HÄTTE IHN WOHL AUCH IN DEINEM HANDGELENK VERSTAUEN KÖNNEN, ABER…
… AUF DIE ART…
… WIRKT ES EHER NACH PÄRCHEN.

DAS GLEICHE...
... ROTE BAND?
NOE...
DU BIST MEIN SEXAROID...
... UND ICH...
... BIN DEIN MENSCH.

Freut dich das nicht?
Ähm...
Du...
... gehörst mir?
Ja!
... genau ...
... was das...
...
Ich weiss nicht...
... bedeutet ...

ALLES OKAY.
ALLES OKAY.
Zentralbibliothek
5 F Fremdsprachige Bücher
4 F Sachbücher
3 F Wissenschaft
2 F Literatur
1 F Zeitschriften
A50
A60
B50
B70
WAS AUCH IMMER DABEI RAUSKOMMT ...
... ICH LASSE MICH NICHT BEIRREN.
Produktionsjahr
Hersteller
Produktnummer
Individualcode
Chargennummernabfrag
BIEP
BIEP
BIEP
BIEP
BIEP
PING
NO._67

PUUUH...
VOR ZWANZIG JAHREN ...
... KAM ES WEGEN DER MANGELHAFTEN CHARGE 67...
... ZU MEHREREN KLAGEN, ABER ALLE...
... ENDETEN IN AUSSERGERICHTLICHEN VERGLEICHEN.
BEI DER SUCHE STIESS ICH NUR AUF IRGENDWELCHE GERÜCHTE...
DETAILS DAZU KONNTE ICH NICHT RAUSFINDEN.
„... WEIL EINIGE EXEMPLARE ANGEBLICH MENSCHEN VERLETZT HATTEN."
„HAT ER NICHT MANCHMAL SPONTANE AUSRASTER?"
VOM DOC KÖNNTE ICH VIELLEICHT WAS ERFAHREN...
... ABER...

... WAS, WENN ER WILL, DASS ICH NOE ENTSORGE?
IMMERHIN BIN ICH NICHT SEIN BESITZER.
FALLS DER DOC BESCHLIESST, NOE ZU VERSCHROTTEN, DANN...
KLICK
BIEP
SCHON GUT.
WENN ER AUSRASTET, WERDE ICH IHN STOPPEN.
ICH LASSE NICHT ZU, DASS ER EIN ZWEITES MAL WEGGEWORFEN WIRD.
IRGENDWIE...
... MUSS ICH ES AUCH SO SCHAFFEN.

ALSO DANN ... ICH MACHE FEIERABEND.
JA, GUTE ARBEIT!
DRRING
Von: Noe
Es schuttet.
Ich hole dich ab.
TEL OK NG
TIPP
Von: Noe
Es schuttet.
Ich hole dich ab
TEL OK
DIDING
Eingehender Anruf
Dr. Nijo
HM?
!
JA?
SAGA HIER.
HM?
MEINE PRIVATNUMMER, NICHT DIE DER WERKSTATT?

HI, SAGA JUNIOR! KANNST DU GRADE REDEN?
ES GIBT DA EINE SELTSAME SACHE.
In den letzten beiden Wochen...
... habe ich zwei Kaufangebote für Noe erhalten.
WAS?!
NATÜRLICH HABE ICH ABGELEHNT.
DARAUFHIN WURDEN MIR JETZT DATEN GEKLAUT.
HACKER?!
NA JA, AN SICH SIND ES KEINE WICHTIGEN SACHEN...
... REPARATUR-PROTOKOLLE UND SO...
... ABER EIN UNGUTES GEFÜHL HABE ICH DOCH.

Hast du eine Idee, warum man es auf mich abgesehen haben könnte?
AUF SIE ABGESEHEN...?
NEIN, HAB ICH NI...
„TOKIWA-ANDROIDEN SIND UNTER SAMMLERN..."
OH NEIN!
...
EIN TOKIWA 808...
... KANN BEI EINER AUKTION EINEN WAHNSINNSPREIS ERZIELEN...
... HAB ICH GEHÖRT ...
!!
Noe ist ein 808, Tokiwas begehrtestes Modell.
VERSTEHE.
Noch dazu einer der selten produzierten männlichen Sexaroids für Männer.
Er ist eine Rarität!
KLINGT NICHT GUT...

Mist! Dann haben also Leute aus der Branche ein Auge auf ihn geworfen.
WAMM
A...
ABER...
... NOE IST AUS DER CHARGE 67!
WENN SIE WÜSSTEN, DASS ER EINE FEHLPRODUKTION IST...
Fehlproduktion?!
Hey! Was soll das heißen?!
ES WAR MEIN FEHLER, IHN AUF DIESE PARTY ZU SCHICKEN, WO ER DEN BLICKEN ALL DIESER LEUTE AUSGESETZT WAR.
ICH WERDE DIE SCHULD AN DEM SCHLAMASSEL ALSO NICHT DIR ZUSCHIEBEN.
ABER DU MUSST JETZT MIT DER GANZEN WAHRHEIT RAUSRÜCKEN!
Von: Noe
Es schüttet.
Ich hole dich ab.
TEL
OK
...
ALSO, ES IST SO...
HM?

Entschuldigung! Ich rufe Sie später zurück!
HÄ?!
HE!
EY!
WIE WAR DAS? CHARGE...
... 67?
NOE!!
PLITSCH
PLITSCH
FSCHHHH
PLATSCH
PLATSCH

QUIEE
SAGA?
NOE!
LAUF WEG!
?!
PLITSCH
PLITSCH
TSE...

WUPP
DAS KANN NICHT WAHR SEIN!
BAMM
SLTT
DOMP
BAMM
BAMM

?!
TSCHAC
DONK

NOE!
WAS HAST DU GE...
SPINNST DU?!
WIE KONNTEST DU AUF DIE BEUTE ZIELEN?!
JETZT IST ER WENIGER WERT.
TAPP
SAGA!
GEH ZUR SEITE!
BZZZ
BZZ
BZZ
GZZZZT
UAAAAAH!
GZZZZT
GZZZZT
LOS, WEG HIER!
JA!

FSCHHH
DIE SIND DOCH NICHT TOT, ODER?
DER STROMSCHLAG HAT WENIGER ALS EINE SEKUNDE GEDAUERT.
DAVON STIRBT MAN NICHT.
GUT, DASS DU SCHUHE MIT DICKEN GUMMISOHLEN ANHATTEST, SAGA.
SAG MIR LIEBER, OB DU OKAY BIST!
NA JA, ES TUT SCHON WEH...
MEIN ARM...
EH?
MEINE GÜTE! IST JA FURCHT-BAR!
DAS TUT SCHON BEIM HINGUCKEN WEH.
ICH WERDE DIE SENSOREN ABSCHALTEN.
WILLST DU DIE SACHE NICHT MELDEN?
FALLS DIE TYPEN MEIN PHONE TRACKEN...

DANN KÖNNTEN SIE UNS DURCH DAS SIGNAL FINDEN, MEINST DU?
MIST!
BIS ZUR POLIZEIWACHE IST ES EIN GANZES STÜCK.
HAST DU NICHT IRGENDWELCHE BEKANNTEN IN DER GEGEND?
...
SCHON...
... ABER...
SAGA-KUN?
KAPITEL 4 ENDE

LETZTES
KAPITEL

ザァァ…
FSCHHH
タタン…
TINK
ゴポ
DRIP
ゴポ…
DRIP
タタタン…
TITINK
ザァァァ…
FSCHHH
タタン…
TINK
タタン
TINK
タタン…
TINK
ZUPP
タタン…
TINK
ゴポ
DRIP
ゴポ…
DRIP

DU HAST DIESEN LAGERRAUM ALSO GEMIETET?
JA, ICH KOMME HIER KAUM HER, DARUM HATTE ICH GAR NICHT MEHR DRAN GEDACHT.
IHR HÄTTET AUCH ZU MIR KOMMEN KÖNNEN.
ZURR
DRIP
DU BIST ANGE-SCHOSSEN WORDEN.
WILLST DU NICHT ANZEIGE ERSTATTEN?
ACH...
... NA JA...
WUPP
ALSO...
KANN ES SEIN, DASS DU DIESEN ANDROIDEN...
... ILLEGAL ERWORBEN HAST...
... UND ES DESHALB NICHT DER POLIZEI MELDEN WILLST?

ぽん
PATT
DANKE FÜRS VERARZTEN.
ES IST GEFÄHRLICH HIER, GEH BESSER NACH HAUSE, ERI.
ABER...
... ICH MACHE MIR SORGEN.
ICH WEISS.
ICH DANKE DIR, ERI.

SAGA…
ICH GEBE KEINEN STROM MEHR AB.
DU KANNST DICH MIR WIEDER NÄHERN.
TAPP
ICH HABE VON ERIS PHONE AUS DR. NIJO ANGERUFEN…
… KONNTE ABER NUR EINE NACHRICHT AUF SEINER MAILBOX HINTERLASSEN.
SOBALD ER DIE ABHÖRT, WIRD ER ETWAS UNTERNEHMEN, DENKE ICH.
MIST! AB DEM FRÜHEN MORGEN WERDEN MEHR MENSCHEN UNTERWEGS SEIN.
…
FLOMP

KALT...
SCHMIEG
!
ER IST GANZ FIEBRIG.
ETWA WEGEN DER SCHUSS-WUNDE?
HEY...
WIR KÖNNTEN UNS WÄRMEN...
HM?
LIEBER NICHT...
... JETZT ...
STOPP!
MEIN ARM IST DOCH KAPUTT UND...
DEIN ARM?

LINS
…
LICK
!
BLUSH
ES ERREGT MICH, DEINE MASCHINENTEILE ENTBLÖSST ZU SEHEN…
DOMP
…!
ABER…
KISS
KLINGT DAS PERVERS?
… DU MACHST MICH EINFACH…

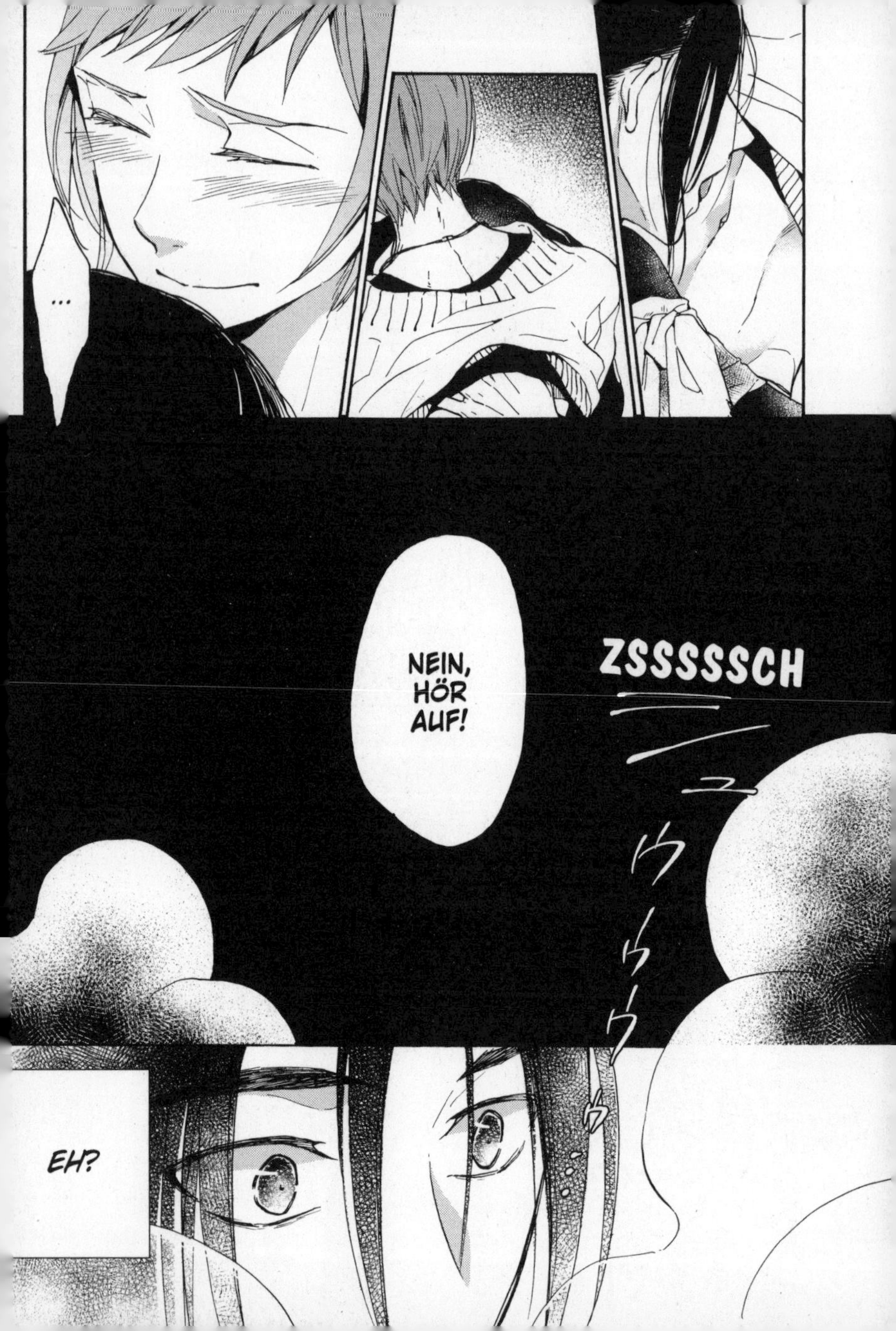
...
NEIN, HÖR AUF!
ZSSSSSCH
EH?

...?!
ICH SAGTE DOCH...
DOMP
SCHLAFGAS...?
SLIPP
SWUUU
... DASS MEINE SENSOREN ABGESCHALTET SIND.

AUCH WENN DU...
... MICH NOCH SO INTENSIV BERÜHRST, ICH SPÜRE NICHTS!
ICH BIN EBEN EIN ANDROID!
DARUM IST ES UNNÖTIG ...
GRAPP
... DASS DU DICH MEINETWEGEN VERLETZEN LÄSST!

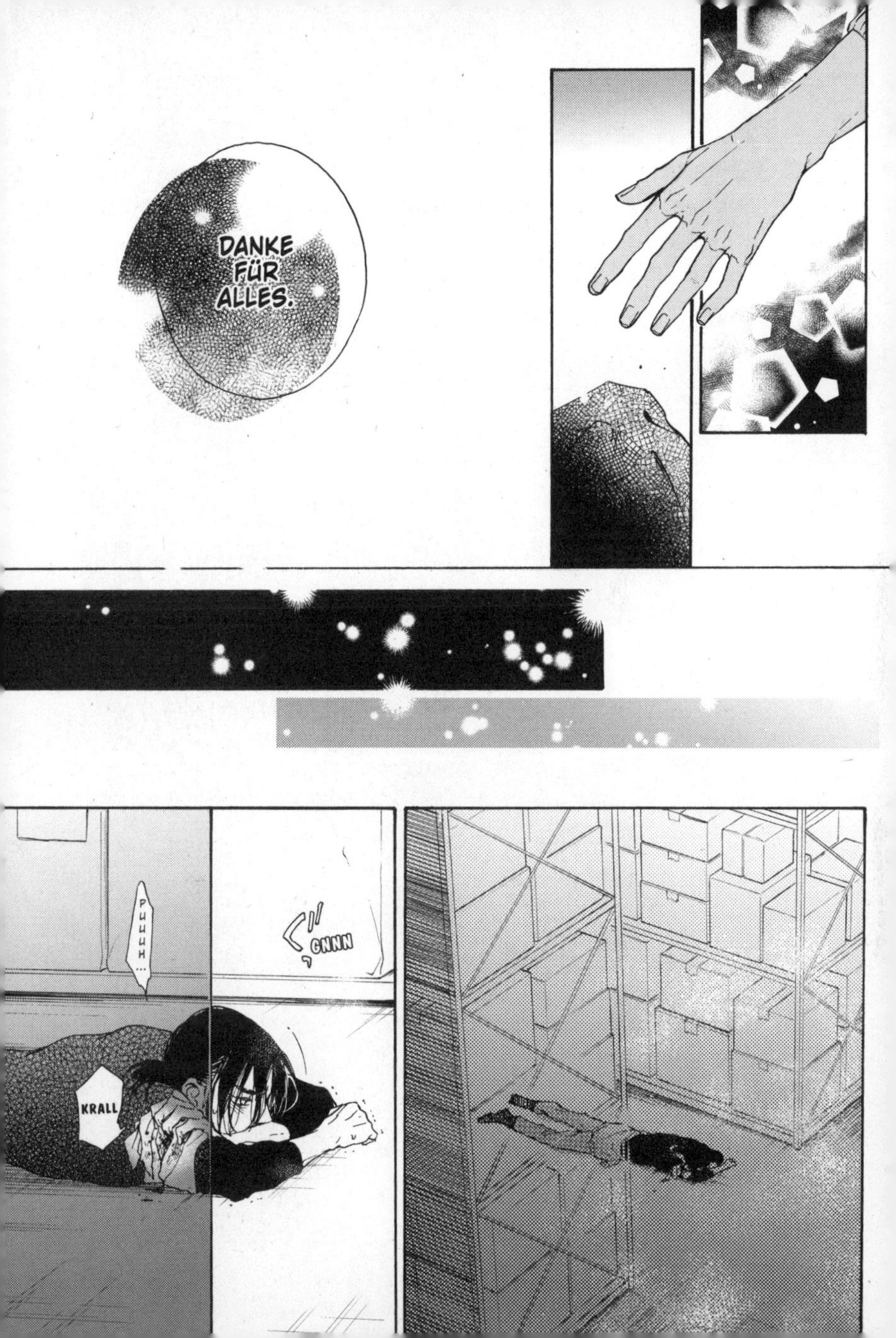
DANKE FÜR ALLES.
GNNN
PUUUH...
KRALL

SRRT
WIE KONNTE ICH NUR...
KRALL
KRALL
... SCHLA-FEN?!
HAPP
SRRT
SRRT
PAMM
KRIEE
HAH ...
HAH ...
FSCHHH
HAH!
HAFF!

NOE...
HAH...
HAH ...
WO WILL ER BLOSS HIN?
SAGA-SAN!
!
MIO...
ENTSCHULDIGUNG, ES HAT ETWAS GEDAUERT.
SIND SIE OKAY?
PLITSCH
DR. NIJO HAT DIE POLIZEI VERSTÄNDIGT.

IHRE ROLLE IN DER SACHE HAT ER VERSCHWIEGEN.
ALSO KEINE SORGE!
ABER… NOE…
BONK
ICH WERDE IHRE WUNDE VERSORGEN.
HABE EIN ANTI-BIOTIKUM DABEI…
MIR GEHT ES GUT!
IHM WURDE EIN ARM ABGETRENNT!
DAMIT IST SEIN INNERES NICHT MEHR VOR WASSER GESCHÜTZT!
WENN ER IN DEM ZUSTAND RUMLÄUFT, KÖNNTE ER EINEN KURZSCHLUSS KRIEGEN!
…!

Anruf
Hä?
DOCH, ABER...
STÜTZ
... WIR WURDEN BIS VORHIN VERFOLGT. ALSO HAT ER DAS WOHL DEAKTIVIERT.
Werden denn...
... Noes GPS-Daten nicht auf einem Endgerät registriert?
...
NEIN, HAT ER NICHT.
VERSUCHT ER ETWA ABSICHTLICH, GESCHNAPPT ZU WERDEN?!
Ich sehe das Signal!
EH?!
SWIPE
Er bewegt sich...
... in diese Richtung ...

ER WILL NACH HAUSE!
WIESO?
ICH FAHRE SIE MIT DEM AUTO.
ÄH...
JA, DANKE.
Warte mal!
Ich habe die Wahrheit...
... über diese Charge 67 rausgefunden.

DIE ... WAHRHEIT ...?!
ETWAS WIRKLICH GEFÄHRLICHES HÄTTE ICH WOHL KAUM ÜBERSEHEN.
JEDENFALLS HAB ICH NOES DATEN NOCH MAL GENAU ÜBERPRÜFT.
Das Betriebs-system der Charge 67...
... kann die Kundendaten, die offiziell nach einem Jahr gelöscht werden sollten...
... per Geheimcode an die Cloud senden.

JEMAND VON TOKIWA HAT DIESE DATEN DANN WOHL AUF DEM SCHWARZMARKT VERKAUFT.
TOCK
TOCK
ALS DIE SACHE AUFZUFLIEGEN DROHTE...
... STARTETE MAN ZUR VERTUSCHUNG DIE RÜCKRUFAKTION DER GANZEN CHARGE.
SO MUSS ES GEWESEN SEIN.
DANN WAREN...
... DIE GEWALTAUSBRÜCHE ALSO NUR EIN GERÜCHT?
ES GAB SIE NIE, RICHTIG?
RICHTIG.
SWIRL
DIE STORY WURDE VON DEN EINGEWEIHTEN WOHL VERBREITET, UM DIE RÜCKRUFAKTION ZU BESCHLEUNIGEN.
Der Geheim-code ist schon lange nicht mehr gültig.
Somit ist Noe...

... NICHTS WEITER ALS EIN ALTER ANDROID.
ピ
BIEP
キィ
KRIEE

バタン
PATAM
SLEEP

OH MANN...!
WIE KANNST DU HIER SO SEELENRUHIG SCHLUMMERN …
… NOE?
BZZZ
ぱちっ
BLINK
SAGA?!
DU SOLLTEST DOCH SCHLAFEN …
WIESO …?
SAG MIR LIEBER…
… WIESO DU ERST VOR MIR FLIEHST UND DANN EINFACH NACH HAUSE LÄUFST?

...
NA JA, EGAL...
WUPP
ZUPP
PATT
JETZT HAB ICH DICH WIEDER!
...
NEIN!
UH...
WHACK
WAS SOLL DAS?
HEY!
DAS IST DEINE EIGENE HAND!

HÄTTEST DU MICH NICHT AUFGELESEN ...
... WÄRST DU NICHT ANGESCHOSSEN WORDEN!
BONK
ALLES NUR...
... WEGEN EINES ALTEN SCHROTTHAUFENS WIE MIR!
FÜR MICH GIBT ES KEINE UPDATES MEHR.
WENN ICH EINEN NEUARTIGEN VIRUS KRIEGE, IST ES VORBEI.
ES WERDEN SICH NOCH SO EINIGE MACKEN ZEIGEN...
... UND ICH KÖNNTE JEDERZEIT GANZ DEN GEIST AUFGEBEN!

WIESO...
... WILLST DU UNBEDINGT MICH?
MIT MIR KANNST DU NICHT MAL ZUSAMMEN LACHEN ODER WEINEN!

DU...
... LACHST MICH STÄNDIG AN!
LACHEN GEHT DOCH.
EH?
MAN KANN ES BLOSS NICHT SEHEN.
ES IST KAUM WAHR-NEHM-BAR...

... ABER ICH HABE ES IMMER GESPÜRT.
WAS...
... REDEST DU DA?
UND JETZT GERADE...
... WEINST DU.

...?!
NICHT ZU FASSEN!
HAB ICH RECHT?
UWAH!
AHA HA
WIE SOLLTE ICH OHNE TRÄNENDRÜSEN WEINEN?!
NOE...
ICH WILL MIT DIR ZUSAMMEN SEIN.
WILLST DU DAS AUCH?

UH...
DOMP
KRALL
HA, HA...
OKAY...
VERSTEHE.

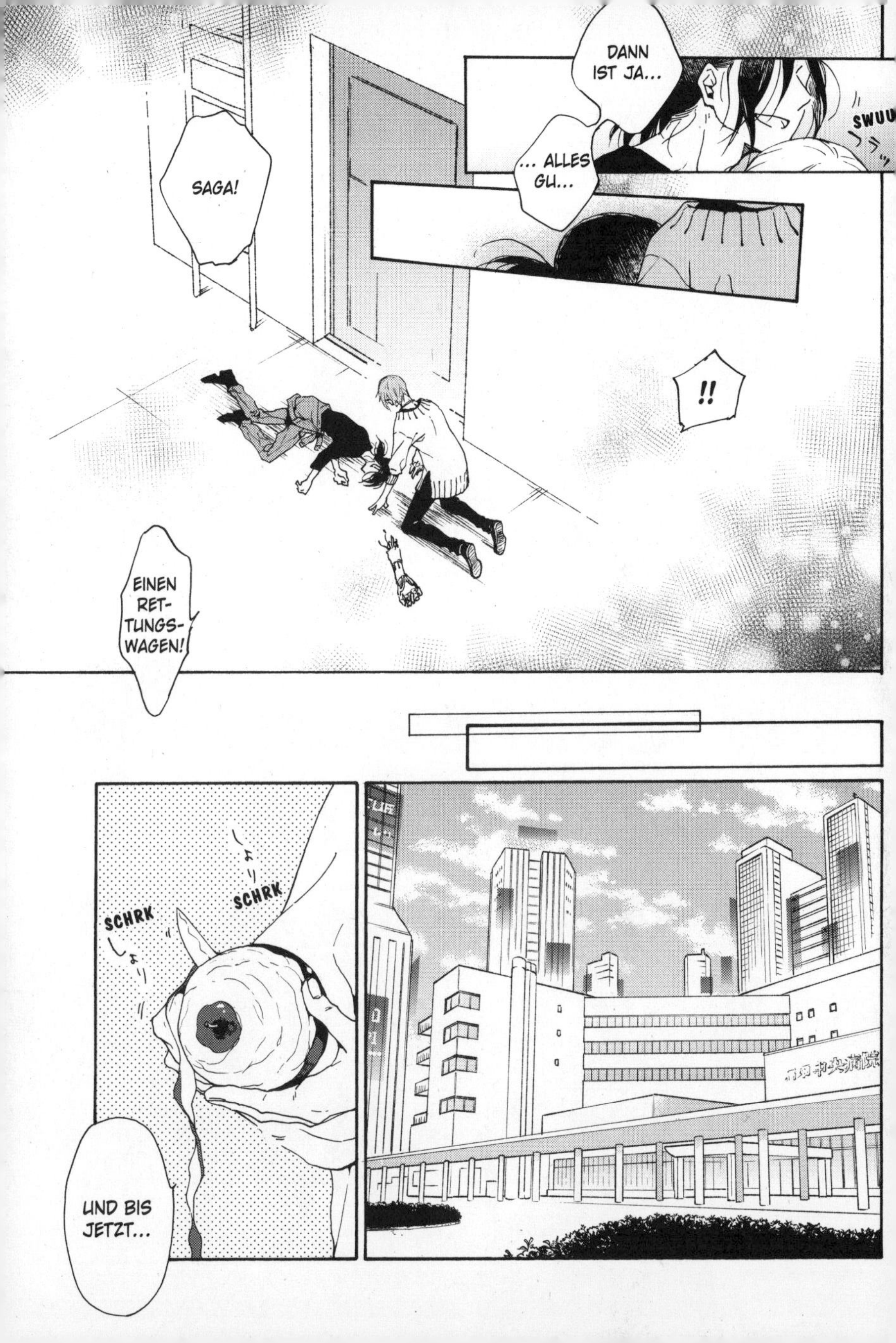
DANN IST JA…
SWUU
… ALLES GU…
!!
SAGA!
EINEN RET-TUNGS-WAGEN!
SCHRK
SCHRK
UND BIS JETZT…

ACH...
... WURDEN DIE TÄTER NOCH NICHT...
... GEFASST.
WUPP
WUPP
WUPP
SCHRK
SCHRK
SCHRK
TADAAA
WOW!
...
ABER NACHDEM DER POLIZEI NUN EINE MELDUNG VORLIEGT...
... WIRD ES FÜR SIE SCHWIERIG, NOCH MAL ZUZUSCHLAGEN.
...
HIER, BITTE SCHÖN.
WAHNSINN...!
SO SCHNELL...
...
ICH WERDE MORGEN MIT NOES REPARATUR BEGINNEN.
WENN ICH SCHON DABEI BIN: IRGENDWELCHE WÜNSCHE NACH WEITEREN FUNKTIONEN?

WÄRE ES MÖGLICH …
… EINEN WEIBLICHEN KÖRPER ZU BEKOMMEN?
ÄHM…
NICHT WIRKLI…
NOE?!
DU BIST DOCH IM GRUNDE HETERO.
UM DIR SEXUELLE LUST ZU BEREITEN, WÜRDE ICH ALLES TUN.
DIESER KÖRPER GEFÄLLT MIR ZWAR, ABER…
… FÜR EINE KI IST DAS GESCHLECHT IRRELEVANT.
ÄHM…
SIEH NICHT MICH AN!
NA JA…
… ALSO …

ICH BIN DIR IN DEINER JETZIGEN FORM BEGEGNET…
… ALSO KANN SIE RUHIG SO BLEIBEN.
DU BEREITEST MIR AUCH SO GENUG LUST…
HM?
SAGA! DAS FREUT MICH RIESIG!
WAAAAH!
WIR GEHEN DANN MAL…
WIEDERSEHEN.
LASSEN WIR DIE TURTELTAUBEN ALLEIN.
IM KRANKENHAUS WERDEN DIE LICHTER FRÜH AUSGESCHALTET.
ZU FRÜH ZUM EINSCHLAFEN…

EIN GLÜCK, DASS ANDROIDEN AUCH ÜBER NACHT BLEIBEN DÜRFEN.
WEIL SIE KEIN BETT BRAUCHEN.
HÖR MAL...
ICH WEISS IMMER NOCH NICHT...
... WIESO DU NACH HAUSE ZURÜCKGEKOMMEN BIST...
ZUPP
...
ICH DACHTE, WENN SIE MICH OHNEHIN SCHNAPPEN...
... MÖCHTE ICH VORHER...
... WENIGSTENS EINMAL MEINEN SCHLÜSSEL BENUTZT HABEN.

UH...
GRAPP
NOE...
!
MH ...
SLIPP
SAGA...?
ZUCK
HAH
!

DIE REPARA-TUR...
... WIRD WOHL UM DIE ZEHN TAGE DAUERN.
ALSO...
!
ABER...
... WENN DU DICH BEWEGST, TUT DANN DIE WUNDE NI...
AH...
SLIPP
AH...
AU...
IRKS
?!
SORRY...
... DARUM SCHMERZT NUN MEIN ARM.
ICH HABE MEINE BERÜHRUNGS-SENSOREN EINGESCHALTET...
AH...
FLOPP
VERSTEHE, TUT MIR LEID.
EH?
BLUSH
EH?
DANN WARTEN WIR EBEN, BIS WIR BEIDE WIEDER FIT SIND.
...
...

KRIEE
KRIEE
KRIEE
KISS
SLCK
SCHMM
ROMP
SCHMM
QUIEE
QUIEE
SLRP
SCHLP
SCHLP
SLCK
DRIP

SA...
... GA...
ICH WILL MIT DIR...
... SCHLAFEN ...
HAH...
OKAY...
KRIEE
KRIEE
ROMP
ZUCK
AH!
NOE...
ETWAS LEISER ...
WIR SIND IM KRANKENHAUS.
AH...
JA...
KRIEE
KRIEE
MH...
...
...
KRIEE

So...
Sorry...
Ich konnte mich nicht zurückhalten.
Hah
War es zu hart?
Bitte...
... Lass mir doch eine Stummschaltung einbauen.
Diese Frage heute...
... nach Funktions-wünschen ...

NEIN!
?!?
DU...
... KANNST IN MEINE SCHULTER BEISSEN.
DAS...
... GEHT DOCH NICHT...
ZU NAH AN DEINER WUNDE...
HAPP
KRIEE
ROMP
KISS
KISS
SCHLOPP
UH ...
ROMP
ROMP
KRIEE
KRIEE
NOE...
SLOP
SLOP
MH ...
...
NOE...
UH ...

NOE!
GRAPP
KRIEE
HAH
HAH
KRIEE
KRIEE
KRIEE
ICH KO...
HAH
SCHAUDER
HAH
...
AH!
DOMP
ZUCK
SPLOTSCH
...
SPLOTSCH
HAAAH...
HAAAH...
HAAAH...
HAAAH...
HAH...
UH...
...

LÄCHEL
WIUUUH

HIER?
JA.
WAS HAST DU HIER GEMACHT?
ICH WAR AUF SCHATZSUCHE!
HIER LIEGT OFT ZEUG RUM, DAS SICH NOCH VERKAUFEN LÄSST.
VERSTEHE.
EIN NEBEN-ERWERB ALSO...

WAHNSINN ...!
RIESIG, WAS?
JA.
FAST EIN WUNDER...
... DASS DU MICH HIER ENTDECKT HAST.
NA JA...
ES WAR UMGEKEHRT.

DU HAST MICH ENTDECKT!
ENDE SCHLUSS-KAPITEL

noe67

SEITDEM SIND ACHT MONATE VERGANGEN.
ドキ DODOMM
SEHR ERFREUT.
ドキ... DODOMM
ICH HEISSE NOE UND BIN EIN ANDROID.
BONUS-STORY
ICH WERDE MEIN BESTES GEBEN.
WIR HABEN BESCHLOSSEN...
... NOE AM EMPFANG ARBEITEN ZU LASSEN.
DU KOMMST UNS SEHR GELEGEN. DAS GESCHÄFT BOOMT.
TAPP
TAPP
ZIEH DICH ERST MAL UM.
BEI UNS TRAGEN AUCH DIE BÜROLEUTE ARBEITSMONTUR.
KUNDENKONTAKT IST MEINE STÄRKE, OB AM TELEFON ODER PERSÖNLICH.
DAS KLANG ÜBERZEUGEND...

BZZZ
WOW!
WAS FÜR EIN HÜBSCHER ANDROID!
OBWOHL EIN WEIBLICHER NOCH BESSER GEWESEN WÄRE…
SCHADE…!
HÄ? WAS SOLL DAS HEISSEN? STARR IHN GEFÄLLIGST NICHT SO AN!
…WÜRD ICH GERN SAGEN.
GUT, DASS DU IHN AUFGELESEN HAST, JUNIORBOSS!
GIBT ES DA NICHT STREIT MIT DEINER FREUNDIN, WENN DU SO EIN SEXY KERLCHEN DAHEIM HAST?
MUWA HA HA
GNIII
I… ICH HABE IM MOMENT KEINE…
ACH…
ALS BOSS KRIEGST DU SOFORT EINE AB!
…
DICH MÖGEN MÄDELS WIE JUNGS!
ZIPP
NEIN, NEIN, NEIN…

KISS
ちゅっ
MH...
ちゅ
KISS
WENN DU...
HEY...
... SAGA...
SCHWUPP
ばさ
HM?
... IN ZUKUNFT ...
... EINE ANDERE PERSON KENNEN-LERNST, DIE DU MAGST...

… DARF ICH DANN TROTZDEM ALS DEIN LIEBHABER BEI DIR BLEIBEN?
HÄ?
SEXAROIDS IN PRIVATBESITZ WERDEN OFT ALS LIEBHABER GEHALTEN.
DAS IST GANZ NORMAL.
ES WÜRDE MICH NICHT STÖREN, DIE NUMMER ZWEI ZU SEIN.
ICH WILL BLOSS BEI DIR BLEIBEN.
WAS REDEST DU…
… FÜR EINEN QUATSCH ?!
GRAPP
!

ROMP
AH!
UAH...
ZUCK
FLOPP
AH...
ZUCK
AH ...
KRIEE
DAS WIRD...
ROMP
AH!
... NICHT PASSIEREN.
HAH ...
SCHLOPP
KRIEE
DU WIRST NIEMALS MEINE NUMMER ZWEI SEIN!
HAH
HAH
KRIEE
KRIEE
AH!
MMMH!
ぎゅう…っ
DRÜCK

HABEN KIS NICHT ...
... DEN WUNSCH NACH EXKLUSIVITÄT?
WÄRE DA EINE „ANDERE PERSON, DIE ICH MAG"...
... UND DIE AN ERSTER STELLE KÄME ...
... WÄRST DU DANN NICHT EIFERSÜCHTIG?
...
GUTE FRAGE...
EH?!
NICHT MAL DAS KANNST DU SAGEN?!
SCHOCK
SORRY...
ICH HABE DAZU KEINE DATEN. ALSO KANN ICH KEINE PROGNOSE ANSTELLEN.
IST DAS SCHLIMM?
SCHLIMM, NA JA...
HAAAH...
ICH WÜRDE EHER SAGEN, UNFAIR...

ICH WAR SCHON ZIEMLICH ANGEFRESSEN, ALS DU HEUTE DIESE LÜSTERNEN BLICKE GEERNTET HAST.
...
AH!
HEY! LACH NICHT!
TU ICH NICHT!
ICH KANN GAR NICHT LACHEN.
QUATSCH!
KLAR LACHST DU!
DU SIEHST GESPENSTER!
DUUU ...
DA FÄLLT MIR EIN...
DU HAST NÄCHSTE WOCHE GEBURTSTAG, NICHT WAHR?
DU WURDEST AM 12. JULI 208X GEBOREN.
JA.

ICH WURDE AUCH...
... IM JULI 208X HERGESTELLT.
EH?!
DAS HEISST ALSO...
... DU BIST 21?!
SO ALT WIE ICH?!
ABER DAVON WAR ICH ACHTZEHN JAHRE LANG AUSSER BETRIEB.
NICK
NICK
SOGAR DERSELBE MONAT?!
WAHN-SINN!
DAS GIBT EINE DOPPELFEIER!
WAS WOLLEN WIR MACHEN? SHOPPEN GEHEN?
HAST DU IRGENDEINEN WUNSCH?
HM ... ICH HÄTTE GERN SANDALEN.
JA, ICH AUCH. IMMERHIN HABEN WIR SCHON SOMMER.
ENDE BONUSSTORY

Szenen, die es nicht in den Band geschafft haben, etc.

Bonusseiten

noe

Erläuterungen von ihm persönlich

① Ich kann nicht schwitzen.

Weil sich in der künstlichen Haut keine Schweißdrüsen befinden. Es gibt Menschen, die das klebrige Gefühl beim Sex nicht mögen und froh sind, dieses Problem mit Sexaroids nicht zu haben. Ein Dienst an der Menschheit also.

② Ich trinke Wasser.

Für Speichel- und Sperma-Imitate wird ein Wasseranteil benötigt (die Beigabe bestimmter Substanzen im Inneren sorgt für die Zähflüssigkeit). Zur oralen Rehydration ist ebenfalls Wasser nötig und beim Küssen mit einem Menschen muss es frisch schmecken. Also trinke ich täglich 100 ml Wasser.

③ Ich kann meine Körpertemperatur regulieren.

Meine Grundeinstellung ist 36,5° C, aber ich kann zwischen niedrig (35° C), mittel (36,5° C) und hoch (37,5° C) wählen. Weil Androiden auch im Schlafmodus warm sind, benutzen manche Menschen sie anstelle von Wärmflaschen. Zum Stromsparen lässt sich diese Funktion auch abschalten.

Bösewichte

Sie werden nicht näher beschrieben, weil die Hintergründe der Tat ohnehin nie genau erklärt werden. Zunächst war nach einem Kampf ihre Festnahme geplant, aber da ihre Geschichte eigentlich wenig zur Sache tut, wurde daraus nichts. Gehen wir davon aus, dass sie im Jahr darauf wegen Drogenhandels geschnappt wurden...

Eri

War mit Saga zusammen in der Oberstufe. Sie fand ihn schon damals irgendwie nett, aber auch zu gut für diese Welt. Darum wollte sie letztendlich „nur Freunde" sein. Allerdings ist sie heute noch um ihn besorgt. Vielleicht wird sie ihre Entscheidung irgendwann bereuen...

Dr. Nijo und Mio

Tatsache ist ... die beiden hätten die Protagonisten der abgeschlossenen Bonusstory in meinem Manga-Debütwerk werden sollen. Aufgrund der beschränkten Seitenanzahl dieses Bandes musste sie aber wegfallen. (heul) Dabei war der Plot so gut durchdacht! Für alle, die den Doc und Mio mögen: Manche Onlineshops bieten die Story an! Würde mich freuen, wenn ihr sie lest!

48P

„Android Mio
Der unbeliebte Doc und sein geliebter Android"

Viel Spaß damit!

Special Thanks!

Redaktion: S-san
Eine große Hilfe für mein Debüt!

Assistent: K-san
Danke! Danke! Lass uns mal Barbecue essen gehen!

Danke fürs Lesen!

SUTOPPU!

**Koko wa kono manga no owari dayo.
Hantaigawa kara yomihajimete ne!
Dewa omatase shimashita!
Tanoshii hitotoki wo dozo!**

Egmont Manga Chiimu

STOPP!

**Das ist der Schluss des Mangas.
Fangt bitte am anderen Ende an!
Und nun genug der Vorrede,
viel Spaß beim Lesen!**

Euer Egmont Manga Team

„noe67" von Saku Hiro
Aus dem Japanischen von Monika Hammond
Originaltitel: „noe67 Warawanai Sekusaroido"

Originalausgabe: noe67 ~WARAWANAI SEKUSAROIDO~

Originally published in Japan in 2018 by FUTABASHA PUBLISHERS LTD, Tokyo.
German translation rights arranged with FUTABASHA PUBLISHERS LTD,Tokyo,
through TOHAN CORPORATION, Tokyo.

Deutschsprachige Ausgabe erschienen bei
© Egmont Manga verlegt durch Egmont Verlagsgesellschaften mbH,
Alte Jakobstraße 83, 10179 Berlin

1. Auflage 2020

Verantwortliche Redakteurin: Luisa Steinhäuser
Korrektorat: Etsche Hoffmann-Mahler
Koordination: Angelika Schönhuber
Printed in EU
Textbearbeitung: Katrin Aust
Gestaltung: Anke Koopmann
ISBN 978-3-7704-2854-0